AF393246

GUÍA DE LECTURA

Escrita por Martine Petrini-Poli
y Alexandre Randal
Traducida por Laura Soler Pinson

El mito de Sísifo

de Albert Camus

ALBERT CAMUS

ESCRITOR Y FILÓSOFO FRANCÉS

- **Nacido en 1913 en Mondovi (Argelia)**
- **Fallecido en 1960 en Villeblin (Francia)**
- **Algunas de sus obras:**
  - *El extranjero* (1942), novela
  - *Calígula* (1944), obra de teatro
  - *La peste* (1947), novela

Albert Camus, francés nacido en Argelia, no conoce a su padre y pasa su infancia con su madre en Argel. Aunque sus problemas de salud (está enfermo de tuberculosis) dificultan considerablemente su carrera universitaria, se diploma en Filosofía. A continuación, inicia una carrera como periodista comprometido (se une al Partido Comunista y trabaja para el periódico *Alger Républicain*), antes de irse a París. Cuando estalla la Segunda Guerra Mundial (1939-1945), se enrola en el movimiento de Resistencia en París y conoce a Jean-Paul Sartre (escritor y filósofo francés, 1905-1980), con el que traba amistad. Tras la Liberación de la capital francesa, se convierte en redactor jefe del periódico de la resistencia *Combat*, donde también trabaja Sartre.

A lo largo de toda su vida, Albert Camus desarrolla una filosofía existencialista de lo absurdo, consecuencia de la conclusión de que la vida no tiene sentido. Saca partido a su talento de escritor para propagar su filosofía publicando novelas, ensayos y obras de teatro. Camus, que despierta una gran admiración y que, a veces, es criticado, alcanza una difusión considerable en el mundo entero con obras como *El extranjero* y *La peste*.

En 1957, obtiene el Premio Nobel de Literatura «por su importante obra literaria que pone en evidencia, con una seriedad penetrante, los problemas que se presentan en nuestros días en la conciencia de los hombres» (Santos-Sainz 2015, 145-162). Morirá tres años más tarde en un accidente de tráfico.

EL MITO DE SÍSIFO

UN ENSAYO SOBRE LO ABSURDO

- **Género:** ensayo
- **Edición de referencia:** Camus, Albert. 1985. *El mito de Sísifo*. Traducido por Luis Echávarri. Madrid: Alianza Editorial
- **Primera edición:** 1942
- **Temáticas:** existencialismo, hombre absurdo, suicidio, sentido de la vida, mitología

El mito de Sísifo es un ensayo sobre lo absurdo. Junto a *El extranjero*, que adopta la forma novelesca, y a *Calígula* y *El malentendido*, que son su variante teatral, conforma el ciclo de lo absurdo, que precede al de la rebeldía.

El mito de Sísifo plantea la cuestión del suicidio cuando el hombre toma conciencia de lo absurdo del mundo, es decir, de que la existencia está desprovista de todo significado. Según Camus, el suicidio pondría punto final al enfrentamiento del hombre y del mundo, aunque sin resolverlo. Sin embargo, es precisamente en esa falta de sentido donde reside el significado de la existencia.

Sísifo, héroe mitológico griego condenado a hacer rodar hasta la cima de una montaña una roca que siempre vuelve a caer, representa para el autor la propia imagen de la condición humana. Según el escritor, el hombre debe afrontar ese destino con dignidad, ya que puede encontrar la felicidad aprendiendo a vivir lo absurdo con lucidez.

RESUMEN

«Pero un día surge el "por qué" y todo comienza con esa lasitud teñida de asombro» (Camus 1985, cap. 1). Camus explica que, en ese momento, el individuo se da cuenta del paso del tiempo, de la extrañeza del mundo, de su hostilidad primitiva, así como del aspecto mecánico de sus gestos: se da cuenta de que todo el mundo vive ignorando la muerte. En el plano intelectual, el hombre observa que está en un escepticismo absoluto con respecto al conocimiento del mundo y de sí mismo. Por lo tanto, acaba preguntándose si «la vida vale o no vale la pena de vivirla» (*ib.*).

Mientras reflexiona acerca de la falta de sentido de la vida y acerca del sinsentido que supone la agitación diaria de los hombres, Camus termina definiendo lo absurdo: se trata de la privación para el hombre «de los recuerdos de una patria perdida o de la esperanza de una tierra prometida» (*ib.*). Con esta metáfora bíblica de la tierra prometida, insinúa que el hombre es como un exiliado de su verdadera patria, de un paraíso perdido: es extranjero a todo lo que le rodea. Así, lo absurdo designa el sentimiento de extrañeza que siente con respecto al mundo en el que vive. ¿Pero hay que escapar de la absurdidad de la vida a través de la esperanza o del suicidio?

A continuación, el autor analiza una serie de filosofías existencialistas que han atacado la razón y se han decantado hacia un pensamiento religioso: las de Søren Kierkegaard (1813-1855), Edmund Husserl (1859-1938), Lev Chestov (1866-1938), Karl Jaspers (1883-1969) y Martin Heidegger (1889-1976). Camus considera que el punto de partida de estos pensadores es correcto, pero que, al final, cometen lo que el califica como suicidio filosófico, que para él es una huida hacia la religión. Por ejemplo, para el filósofo existencialista Chestov, la razón es vana, pero existe algo más allá: así, recomienda dar un salto hacia lo irracional. Sin embargo, Camus se niega a llegar a ese punto y a remitirse a un Dios que solo existiría por la negación de la razón humana.

En su opinión, el hecho de buscar un significado para la existencia fuera de la condición humana hace que el hombre sea incapaz de comprender su libertad, ya que esta se la daría un ser superior. En vez de mirar hacia lo religioso, el autor recomienda la rebelión. Con ella, se mantiene la fractura entre el mundo y la mente del hombre gracias a una conciencia lúcida, siempre despierta, que vive lo absurdo. Es la única postura filosófica coherente. De esta manera, esa presencia constante del hombre ante sí mismo, esa conciencia siempre tensa, excluye el suicidio. El hombre, enfrentado a lo absurdo, aprende que no hay un mañana y que es libre. Así, lo absurdo lo anima a experimentar todo lo que pueda, mientras le enseña que todas las experiencias son indiferentes: todas están al mismo nivel, puesto que no tienen sentido.

Lo absurdo tiene tres consecuencias: la pasión, la libertad y la rebelión. Así, Camus apuesta por tres actitudes que ilustran el modo existencial que preconiza:

- **el donjuanismo**. Don Juan no cree en el sentido profundo de las cosas: sabe que su amor es a la vez pasajero y singular;
- **la comedia**. El actor disfruta del presente y de la metamorfosis. Gracias a sus papeles, puede encarnar varios personajes. Está condenado a

la dispersión. Ha elegido el «en todas partes» en vez del «siempre» y la eternidad;

- **la conquista**. El conquistador o el aventurero sabe que la acción es inútil en sí misma. En efecto, nada dura en una conquista, ya que, al final, está la muerte. Prometeo, que ha luchado contra los dioses, es el primer conquistador moderno: «Sí, el hombre es su propio fin. Y es su único fin. Si quiere ser algo, tiene que serlo en esta vida» (Camus 1985, cap. 2).

El amante, el actor y el aventurero juegan a lo absurdo: son conscientes de ello y lo viven con total lucidez. Por su parte, el creador (el artista) es el personaje más absurdo.

Para Camus, crear una obra es una oportunidad única de mantener la conciencia del universo. Por lo tanto, la alegría absurda por excelencia es la creación. Es «la gran imitación» (Camus 1985, cap. 3), la imitación desmedida bajo el disfraz de lo absurdo. Pero la creación novelesca puede ofrecer las mismas ambigüedades que algunas filosofías y refugiarse en lo irracional. Por consiguiente, la verdadera obra de arte siempre está hecha a medida humana, no aspira a la eternidad. La creación es una escuela de paciencia y de lucidez. En efecto, el testimonio de la dignidad del hombre es la rebelión tenaz contra su condición, la perseverancia en un esfuerzo estéril.

Kirilov, el protagonista de la novela *Los demonios* (1871) de Dostoyevski (novelista ruso, 1821-1881), piensa que, si Dios no existe, él mismo es dios y, por lo tanto, es completamente libre en este planeta. Si este «crimen metafísico» (Camus 1985, cap. 3) basta para la realización del hombre, por qué añadir el suicidio, se pregunta Camus. En realidad, Kirilov quiere abrir el camino para los hombres. Para Camus, el texto de Dostoyevski plantea el problema de lo absurdo, aunque eso no lo convierte en una obra absurda, ya que el autor ruso ofrece una respuesta.

Según Camus, Sísifo es el modelo del héroe absurdo: «Sísifo vuelve hacia su roca, [...] contempla esa serie de actos desvinculados que se convierte en su destino, creado por él, unido bajo la mirada de su memoria y pronto sellado por su muerte. [...] Hay que imaginarse a Sísifo dichoso» (Camus 1985, cap. 4).

«Vi de igual modo a Sísifo, quien padecía duros trabajos empujando con las dos manos una enorme piedra. Forcejeaba con los pies y las manos; pero cuando ya le faltaba poco para elevarla, una fuerza poderosa derrocaba la piedra, que caía rodando hacia la llanura. Tornaba entonces a empujarla, y de nuevo le sucedía el mismo infortunio» (Homero 2001, 101).

Esta es la descripción que ofrece Homero (poeta griego, siglo VIII a. C.) de Sísifo. Este último es el hijo de Eolo, rey de Tesalia, y de Enarete. Tuvo cuatro hijos con la pléyade Merope. Sísifo fundó Corintio y es el instigador de los Juegos Ístmicos (relacionados con el istmo de Corintio). Es conocido por su astucia y sus embustes y, sobre todo, es famoso por el castigo que los dioses le reservan tras su muerte.

Un día, Sísifo se encuentra en lo alto de la torre de vigilancia de la ciudadela de Corintio y presencia el secuestro de la ninfa Egina a manos de Zeus. Cuando Asopo, el dios-río y padre de esta, acude a Corintio para intentar encontrarla, Sísifo le confiesa lo que ha visto. Más tarde, Zeus, que escapa a la ira de Asopo, envía a Sísifo con Hades, dios de los Infiernos, para castigarlo. Tánatos, la Muerte, intenta atar las manos de Sísifo, que le hace creer que las cuerdas están rotas. Entonces, Sísifo hace que Tánatos las pruebe: las cuerdas funcionan a la perfección y Tánatos es encadenado. Los muertos aprovechan esta ocasión para huir, algo de lo que los dioses se dan cuenta en seguida. Ares, el dios de la guerra, se encarga de liberar a Tánatos y de entregar Sísifo a Hades. Sísifo, que ha sido apresado, le pide a su esposa que no recurra a las habituales ofrendas destinadas a las personas que mueren antes de ir al más allá. Cuando está en el Inframundo, logra convencer a los dioses de que debe volver a la Tierra para castigar duramente a su esposa, que no le ha dedicado ninguna sepultura, y que regresará en cuanto lo haya hecho. La estratagema funciona y Sísifo no vuelve. Así, los dioses esperan a que muera para castigarlo. Culpable de haber ofendido a los dioses, es conducido al Tártaro, en los Infiernos, donde es condenado a hacer rodar una roca enorme hasta la cima de una montaña. Pero la roca siempre cae antes de llegar a la cumbre, lo que obliga a Sísifo a volver a empezar su trabajo por toda la eternidad (Schmidt 2000, 182).

PUNTOS DESTACADOS

LA INFLUENCIA DE LOS FILÓSOFOS CONTEMPORÁNEOS

Camus escribe en su prólogo: «Una honradez elemental exige, por lo tanto, que señalemos, desde el principio, lo que estas páginas deben a ciertos autores contemporáneos» (Camus 1985, prólogo).

En efecto, en la primera parte de la obra, titulada «Un razonamiento absurdo», el autor cita a varios filósofos contemporáneos que han perjudicado la razón. ¿Qué retiene de cada concepción este autor, que siempre ha afirmado que no era un filósofo?

- para Heidegger, el hombre, arrojado a la existencia, vive en la preocupación y en la angustia, ya que es consciente de la muerte. Esta conciencia es la propia voz de la angustia y ruega a la existencia «a que se recupere ella misma de su pérdida en el "se" anónimo» (Camus 1985, cap. 1);

- Jaspers, que pierde la esperanza de toda ontología (filosofía del ser), intenta encontrar el camino que lleve a los «secretos divinos» (*ib*.). De la experiencia del fracaso y de la impotencia humana, no extrae «la nada, sino la existencia de la trascendencia» (*ib*.);

- por su parte, Chestov demuestra que el racionalismo más universal termina por atascarse con lo irracional del pensamiento humano. Exalta la rebelión humana contra lo irremediable en Shakespeare (dramaturgo inglés, 1564-1616), en Dostoyevski, en Ibsen (dramaturgo noruego, 1828-1906) y en Nietzsche (filósofo alemán, 1844-1900). «No se vuelve uno hacia Dios sino para obtener lo imposible» (*ib*.), escribe Chestov. En efecto, para el escritor, lo absurdo se asemeja a Dios. Este requiere que se niegue la razón y se proceda a un salto hacia lo irracional;

- igualmente, Kierkegaard vive lo absurdo y ha sacrificado el intelecto;

- por su parte, Husserl y los fenomenólogos (filósofos que observan y describen objetivamente los fenómenos y su forma de manifestarse) restituyen el mundo en su diversidad y niegan el poder trascendente de la razón.

Pensar es aprender de nuevo a ver, abriéndose a la intuición. La fenomenología de Husserl se niega a explicar el mundo y solo aspira a ser una descripción de lo vivido y de los fenómenos. Según Camus, es el triunfo de la razón eterna, después de haber perjudicado la razón humana.

Por lo tanto, estas mentes comparten su negación de la razón humana y su evasión. Camus denuncia estas conductas existenciales.

CLAVES DE LECTURA

LA ESCRITURA DE UN ENSAYO FILOSÓFICO

Al igual que Montaigne (escritor francés, 1533-1592), Camus desea mezclar el pensamiento y el flujo de lo vivido. En efecto, el ensayo es un género flexible que consiste en una especie de comentario personal sobre uno o varios temas en los que la personalidad del autor ocupa un lugar central, y, de esta manera, reúne escritura literaria y reflexión filosófica.

Además, bajo la pluma de Camus, el ensayo se atribuye las siguientes características:

- **la estilización**. «El gran estilo es la estilización invisible» (Camus 1963), explica el autor. Se trata de expresar la realidad con un estilo propio. El estilo de Camus tiene el objetivo de alcanzar una verdad importante que el hombre experimenta: en este punto, supera el tratado filosófico abstracto. La figuración simbólica del hombre en Sísifo o en Prometeo es lo que el autor llama una estilización encarnada, ya que los grandes mitos encarnan una idea que ilustra sus comentarios;

- **la austeridad**. Las frases son cortas, y la puntuación fuerte y el uso del presente de verdad general son frecuentes («Los conquistadores saben que la acción es en sí misma inútil», Camus 1985, cap. 2). Además, la enumeración de los gestos cotidianos y repetitivos acentúa la sensación de austeridad que se desprende de la redacción y, al mismo tiempo, pone el acento en el ritmo mecánico y absurdo de la existencia humana: «Levantarse, coger el tranvía, cuatro horas de oficina o de fábrica, la comida, el tranvía [...]» (Camus 1985, cap. 1);
- **el patético discreto**. El autor emplea con frecuencia la primera persona del singular («Con eso es con lo que tropiezo y me atasco», Camus 1985, cap. 2). Este discurso en primera persona del singular guía al lector hacia la reflexión y la meditación a partir de experiencias vividas. A través de este procedimiento, Camus busca llegar a sus lectores, emocionar a su público para entregarle un mensaje que afecta a todo hombre. Para ello, también recurre a las oposiciones marcadas por las numerosas conjuncio-

nes de coordinación «pero», a las repeticiones que articulan el texto (la palabra «conquistador» se usa cinco veces en una misma página, por ejemplo), y a las llamadas al lector («No se crea, sin embargo, que me complazco en ello», Camus 1985, cap. 2), atacando a este último mientras muestra una cierta contención.

El mito de Prometeo

En la mitología griega, Prometeo (que viene de *Prometheus*, «el que piensa con anticipación») es un titán.

Prometeo y su hermano Epimeteo («el que reflexiona más tarde») han sido designados por los dioses para distribuir los dones de los hombres y de los animales. Epimeteo se encarga solo y da a los animales la fuerza, la habilidad y la rapidez. Cuando llega el turno de los hombres, ya no les queda nada. Entonces, Prometeo decide robar el fuego para traerlo a la Tierra: de esta manera, a pesar de la ira de Zeus, aprenden las técnicas necesarias para sobrevivir y para la civilización.

Prometeo es el protector de los hombres.

Un día, durante el sacrificio de un buey en honor a los dioses, divide el animal en dos. A un lado, coloca los mejores trozos recubiertos de vísceras y de piel; al otro, coloca los huesos bajo una apetitosa capa de grasa. Deja que Zeus escoja, pero este no se deja engañar. Furioso, castiga a Prometeo y causa la desgracia de la humanidad enviando a Pandora (la primera mujer), a modo de venganza contra los seres humanos.

El castigo de Prometeo es terrible: es encadenado, desnudo, al monte Cáucaso, y cada día viene un águila para devorarle el hígado, que siempre vuelve a crecer para ser devorado de nuevo.

EL EXISTENCIALISMO

La etimología del término «existencialismo» se encuentra en la palabra «existencia». En el sentido filosófico, el existencialismo es un pensamiento que sitúa en el centro de su reflexión la existencia (el hecho de que una cosa o un ser es), en contraposición a las filosofías de la esencia (lo que constituye la naturaleza de una cosa o de un ser independientemente de su existencia).

En el sentido histórico y literario, es una corriente filosófica que otorga a la existencia la superioridad sobre la esencia. A menudo, se asocia con la obra de Jean-Paul Sartre. El existencialismo alcanzó un éxito enorme en Francia entre 1943 y 1950.

Aunque Camus rechaza este término (prefiere el de «filosofía de lo absurdo»), su producción se ve marcada por esta corriente. Su obra desarrolla los temas que presenta Emmanuel Mounier (filósofo francés, 1905-1950) en su *Introducción a los existencialismos* (1939), en el capítulo titulado «La concepción dramática de la existencia humana», es decir: la impotencia de la razón, la contingencia del ser humano (el hombre existe de forma no necesaria, es decir, existe, pero bien podría no haber existido), su fragilidad, su soledad, su alienación, su finitud, el apremio de la muerte y la nada.

No obstante, hay que distinguir dos tipos de existencialismo: el existencialismo cristiano de Gabriel Marcel (filósofo y escritor francés, 1889-1973) o de Mounier, y el existencialismo ateo de

Sartre. Mounier, que se preocupa por vincular existencia y verdad, especifica que una «filosofía de la condición humana es siempre, hasta cierto punto, una filosofía de la esencia»[1] (Mounier 1947, 136). Acaba su ensayo con un capítulo titulado «El reino del Ser está entre nosotros», en el que muestra que la trascendencia está en el centro de la existencia: el hombre está en un movimiento infinito hacia un «más-ser» inherente al ser. En cambio, Sartre desarrolla una visión del hombre de la que destierra toda trascendencia. En su opinión, no existe una esencia del individuo, este no viene determinado por una naturaleza humana. El hombre nace primero, pasa a la existencia para, a continuación, decidir libremente lo que quiere ser: así, el hombre no es otra cosa que su proyecto, el conjunto de sus actos y de sus decisiones.

Por su parte, Camus parte del planteamiento nietzscheano de la muerte de Dios, del *Götterdämmerung*, es decir, del «ocaso de los dioses»: «Sísifo enseña la fidelidad superior que niega a los dioses y levanta las rocas» (Camus

---

1. Cita traducida por ResumenExpress.com

1985, cap. 4). Gracias al ejemplo mitológico, opera un deslizamiento semántico entre los dioses antiguos y el Dios cristiano, y de ahí viene el rechazo de la esperanza, que sutilmente se relaciona con la esperanza cristiana. En efecto, si Dios está muerto, la religión no es más que una forma de evasión, un intento de huir de lo absurdo —algo que es imposible—.

EL HOMBRE ABSURDO

El hombre, condenado a la muerte y sin esperanza de salvación, descubre su finitud. Sus preguntas no obtienen respuesta y chocan contra una naturaleza indiferente, incluso hostil. Su tiempo en la tierra se limita a su vida. Por lo tanto, tiene que compensar esta ausencia de futuro con la intensidad y la cantidad de las experiencias. Por ello, su modelo es el hombre absurdo, que ha aprendido a vivir lo absurdo con lucidez y para quien el tiempo no existe, bien se trate del don Juan, del actor o del conquistador, dedicados a la intensidad breve del momento.

Para ellos, el tiempo está detenido, arrancado de la historia. El presente adquiere valor, ya que es el lugar de experiencias múltiples. Sin embargo, este hedonismo no es gratuito: constituye una rebelión contra lo absurdo del destino.

El hombre comparte el destino de los dos héroes de la mitología griega, Prometeo y Sísifo, que han sido condenados a un castigo por haberse rebelado contra los dioses. A diferencia del relato mitológico, Camus piensa que el gesto absurdo de Sísifo puede generar una forma de felicidad. En efecto, al tomar conciencia de su destino inevitable, el héroe siente alegría frente a su lucidez:

> «Este universo en adelante sin amo no le parece estéril ni fútil. Cada uno de los granos de esta piedra, cada fragmento mineral de esta montaña llena de oscuridad, forma por sí solo un mundo. El esfuerzo mismo para llegar a las cimas basta para llenar un corazón de hombre. Hay que imaginarse a Sísifo dichoso» (Camus 1985, cap. 4).

Igualmente, Camus recomienda a los hombres que aprendan a vivir lo absurdo, ya que esto puede llevarles a la felicidad.

EL CICLO DE LO ABSURDO

El ciclo de lo absurdo constituye una parte de la

obra camusiana, conformado por la novela *El extranjero*, el ensayo *El mito de Sísifo* y las obras de teatro *Calígula* y *El malentendido*. Expone una reflexión sobre lo absurdo y la ausencia de significado de la vida. De alguna manera, las obras se responden. En efecto, la relación entre ensayo y relato es fundamental para Camus. En su opinión, una obra de ficción no puede prescindir de un pensamiento profundo que la estructure. Así, este vínculo entre filosofía y literatura es tan fuerte que los dos ámbitos deben entrelazarse.

El extranjero y *El mito de Sísifo* exploran las bases y las consecuencias de lo absurdo. La novela no ilustra el ensayo, sino que explota la experiencia que describe: la del divorcio entre el hombre mortal y la sociedad. En efecto, a través del personaje principal de *El extranjero*, Camus evoca al hombre exiliado, una temática con la que también se inicia *El mito de Sísifo*. Por lo tanto, la novela proporciona todo su sentido al ensayo. Sartre compara las dos obras en su «Explicación de *L'étranger*»:

> «*El extranjero*, publicado primero, nos sumerge sin comentarios en el "clima" de lo absurdo; a continuación, el ensayo nos alumbra el camino.

La novela repasa la historia de Meursault, un joven empleado de oficina que acaba de perder a su madre. Poco a poco, se da cuenta de que su vida no tiene un objetivo, que no es más que un engranaje en la gran maquinaria de la sociedad. Es un hombre que se regula por sus costumbres y que no tiene ambición. Se deja llevar por los acontecimientos y se convierte en un asesino por accidente —mata un hombre a causa del sol que lo cegaba—. Atónito, no entiende lo que le pasa y jamás intenta defenderse ni salvar su vida: será ejecutado.

Meursault es parecido al hombre absurdo que Camus describe en *El mito de Sísifo*: es extranjero a la sociedad. Es el hombre de la costumbre cuya jornada tipo es la misma que la que describe el ensayo: «Levantarse, coger el tranvía, cuatro horas de oficina o de fábrica, la comida, el tranvía, cuatro horas de trabajo, la cena, el sueño y lunes,

---

2. Cita traducida por ResumenExpress.com

martes, miércoles, jueves, viernes y sábado con el mismo ritmo es una ruta que se sigue fácilmente durante la mayor parte del tiempo» (Camus 1985, cap. 1).

Meursault nunca intenta escapar a esta sucesión de acontecimientos rutinarios y absurdos, y su conciencia no despertará hasta el final de su vida; por su parte, el hombre de *El mito de Sísifo* despertará mucho antes de enfrentarse a la muerte. En el ensayo, la acumulación que simboliza su jornada de trabajo (levantarse, tranvía, etc.) acaba con una agitación de la conciencia: «Pero un día surge el "por qué" y todo comienza con esa lasitud teñida de asombro» (*ib.*). En su ensayo, Camus cita a los hombres despiertos, ya sea don Juan, el actor, etc. De alguna manera, muestra la reflexión que hay que desarrollar y el camino que hay que seguir para poder liberarse de lo absurdo.

En *El mito de Sísifo*, Camus habla acerca de la exigencia de claridad que el hombre desea en su relación con el mundo. Todo nuestro ser reclama sentido, bien en el mundo o bien en la vida de un hombre: «Para un hombre, comprender el mundo es reducirlo a lo humano, marcarlo con su sello» (Camus 1985, cap. 1). Sin embargo, «esta nostalgia de unidad, este apetito de absoluto ilustra el movimiento esencial del drama humano» (*ib.*), puesto que la vida en sí es absurda. De la misma manera, en *El extranjero*, el tribunal intenta encontrar sentido al crimen que ha cometido Meursault, dar una coherencia a sus actos, al igual que el lector, cuando ni siquiera el propio Meursault logra dárselo: no tiene ninguna justificación, salvo que el sol lo cegaba. Su gesto no tenía sentido, puesto que la vida es absurda, pero el tribunal no puede comprender esta realidad y, por lo tanto, intenta encontrar en vano una razón para este acto.

Así, al final del juicio, Meursault es condenado. Esta condena le permitirá al fin comprender y tranquilizarse: solo cuando está ante la muerte acepta por fin su extrañeza y, por lo tanto, lo absurdo del mundo. De esta manera, despierta justo antes de morir, al contrario que el hombre de *El mito de Sísifo*, que acepta su condición en cuanto se da cuenta de que la vida es absurda.

Al presentar al hombre absurdo, *El mito de Sísifo* hace referencia a la historia de Meursault en *El extranjero*. Pero mientras que Camus en su novela desarrollaba el caso del hombre que no se rebela y que se somete a lo absurdo, en su ensayo transmite un mensaje más positivo. Quiere mostrar al lector lo absurdo y las tres consecuencias que derivan de ello: la rebeldía, la libertad y la pasión.

La rebeldía

Al final de *El mito de Sísifo*, Camus resume las consecuencias de tomar conciencia de lo absurdo: «Así saco de lo absurdo tres consecuencias que son mi rebelión, mi libertad y mi pasión. Con el solo juego de la conciencia transformo en regla de vida lo que era invitación a la muerte, y rechazo el suicidio» (Camus 1985, cap. 1).

Para Camus, la rebeldía es la única forma de vivir en un mundo absurdo. Cree que Sísifo es feliz, ya que se rebela contra las leyes divinas y asume la responsabilidad de su acto. Al hacer esto, se emancipa de los dioses y se vuelve libre de vivir el destino que él ha elegido: ya no es un condenado a llevar la roca hasta la cima de la montaña, sino que él decide hacerlo y, en este punto, se convierte en dueño de su destino. Así, el trabajo eterno de Sísifo representa la condición humana.

Cada uno es libre de sufrirla o no:

«El obrero actual trabaja durante todos los días de su vida en las mismas tareas y ese destino no es menos absurdo. Pero no es trágico sino en los raros momentos en que se hace consciente. Sísifo [...], impotente y rebelde, conoce toda la magnitud de su miserable condición: en ella piensa durante su descenso. La clarividencia que debía constituir su tormento consuma al mismo tiempo su victoria. No hay destino que no se venza con el desprecio» (Camus 1985, cap. 4).

Así, en su ensayo, Camus establece la causa y el fundamento de la rebeldía. *El mito de Sísifo* enlaza de esta manera con el ciclo de la rebeldía, que está compuesto sobre todo por *La peste* y por *El hombre rebelde*. De hecho, este último debe interpretarse como una respuesta a *El mito de Sísifo*. En *El hombre rebelde*, Camus desarrolla una idea similar a la del ensayo de 1942: sin rebeldía, el hombre no es consciente de su libertad. En esta obra, el autor parte de la intención moral de la rebeldía y la arraiga en el marco histórico de su época. Así, se tiene en cuenta al hombre dentro del pueblo; el hombre debe rebelarse contra la esclavitud en la sociedad contemporánea. Por consiguiente, se trata de una rebelión colectiva que lleva al autor a afirmar: «Me rebelo, luego somos» (Savater 2013).

Gracias a que toma conciencia de lo absurdo y de la rebeldía, el hombre experimenta la libertad verdadera, puesto que ve el mundo con nuevos ojos, con lucidez. Entonces, se produce la tercera consecuencia: la pasión: «Sentir la propia vida, su rebelión, su libertad, y lo más posible, es vivir lo más posible» (Camus 1985, cap. 1). En efecto, la pasión equivale a multiplicar las experiencias.

Así, *El mito de Sísifo* desempeña un papel importante en la obra de Camus, puesto que sirve de nexo de unión entre el ciclo de lo absurdo y el de la rebeldía. Para ilustrar su reflexión, el autor utiliza las figuras míticas de Sísifo (*El mito de Sísifo*) y de Prometeo (*El hombre rebelde*). La evocación de estos dos personajes no es banal. En *El mito de Sísifo*, Sísifo encarna al hombre absurdo, pero también lo encontramos en *El hombre rebelde*, donde representa esta vez la rebeldía. En efecto, Sísifo y Prometeo simbolizan las dos fases de la revuelta: el primero, a nivel individual, rechaza la condición que le imponen los dioses; por su parte, el segundo reafirma la causa del hombre y anima a su emancipación. Por lo tanto, Sísifo es un personaje clave que sirve de puente entre lo absurdo y la rebeldía.

De esta manera, Camus retoma un mito antiguo y se lo reapropia para darle un significado moderno, adaptado a sus ideas. En efecto, el autor desea que los hombres abran los ojos gracias a su ensayo —lo redacta durante la Segunda Guerra Mundial—. En una carta de 1939, explica: «La gente dice "es absurdo" y, tras esto, pagan sus impuestos o meten a su hija en una institución religiosa. Eso es porque creen que todo está acabado cuando se dice "es absurdo". En realidad, solo está empezando»[3] (Politis 2009, 225). De esta reflexión extraerá todo su ciclo de lo absurdo y, a continuación, el de la rebeldía. Gracias a su filosofía de lo absurdo, el autor quiere ayudar a los hombres a que sean conscientes de lo absurdo y a ser libres: «Y lo que quiero extraer [de este postulado] es un cierto pensamiento humano, clarividente, limitado en el tiempo —una cierta conducta donde la vida se construiría para sí misma, y no para las ensoñaciones para las que se presta como excusa»[4] (*ib.*). En este sentido,

---

3. Cita traducida por ResumenExpress.com
4. Cita traducida por ResumenExpress.com

Camus es un autor humanista en el sentido moderno que exalta una moral de solidaridad frente
a un mundo irracional.

PISTAS PARA LA REFLEXIÓN

ALGUNAS PREGUNTAS PARA PROFUNDIZAR EN SU REFLEXIÓN...

- Según Camus, ¿qué es lo absurdo?
- ¿Qué es un «hombre absurdo» según Camus y cuáles son sus tres posturas?
- ¿De qué manera el estilo del autor concuerda con sus ideas?
- ¿Cuál es la estructura de *El mito de Sísifo*? Coméntela.
- ¿Podemos comparar el sentimiento de extrañeza con respecto al mundo que siente el hombre en la obra de Camus con el que experimenta Roquentin, el protagonista principal de *La náusea* de Sartre (1938)?
- ¿Qué diferencia la rebeldía camusiana de la revolución sartriana?
- ¿Podemos calificar el pensamiento de Camus de «drama del humanismo ateo» (Lubac 2012), según el título de la obra de Lubac (teólogo jesuita francés, 1896-1991)?

- ¿Cómo se inserta *El mito de Sísifo* en la obra general de Camus? ¿Con que otros libros del autor podemos establecer un paralelismo?
- Pascal (matemático, físico y escritor francés, 1623-1662) y Camus reconocen que la experiencia del límite no se puede disociar de la condición humana. Pascal achaca la miseria a la marca del pecado original en el hombre, mientras que Camus acepta esta vida contingente, inmanente y frágil: «El absurdo, es la razón lúcida que descubre sus límites» (Cuquerella 2007). Compare sus posturas.

¡Su opinión nos interesa!
¡Deje un comentario en la página web de su librería en línea,
y comparta sus favoritos en las redes sociales!

PARA IR MÁS ALLÁ

EDICIÓN DE REFERENCIA

- Camus, Albert. 1985. *El mito de Sísifo*. Traducido por Luis Echávarri. Madrid: Alianza Editorial.

ESTUDIOS DE REFERENCIA

- Camus, Albert. 1951. *L'homme révolté*. París: Gallimard, colección *Folio Essais*.

- Camus, Albert. 1963. *El mito de Sísifo, El hombre rebelde*. Buenos Aires: Editorial Losada.

- Comte-Sponville, André. 1995. *L'Absurde dans* Le Mythe de Sisyphe *de Camus*. París: Gallimard, colección *Paroles d'aube*.

- Corbic, Arnaud. 2003. *Camus: L'absurde, la révolte, l'amour*. París: Éditions de l'Atelier.

- Cuquerella Mádoz, Inmaculada. 2007. *La superación del nihilismo en la obra de Albert Camús*. Valencia: Universitat de València.

- Encyclopaedia Universalis, "Sisyphe". Consultado el 3 de diciembre de 2017. https://www.universalis.fr/encyclopedie/sisyphe/

- Gillespie, John H. 2010. "Mythes, métaphores et

métaphysique: le drame du *Mythe de Sisyphe*". *Synergies*, n.° 5, 87-103.

- Homero. 2001. *La Odisea*. Madrid: Ediciones Rialp.

- Lévi-Valensi, Jacqueline. s. f. "Camus Albert". *Encyclopaedia Universalis*. Consultado el 3 de diciembre de 2017. https://www.universalis.fr/encyclopedie/albert-camus/

- Mounier, Emmanuel. 1939. *Introducción a los existencialismos*. Madrid: Revista de Occidente.

- Politis, H. 2009. "Le Mythe de Sisyphe d'Albert Camus, ou l'absurde comme outil de résistance". *Philosopher en France sous l'Occupation: actes des journées d'études organisées à la Sorbonne*. París: Olivier Bloch, Publications de la Sorbonne.

- Santos-Sainz, Maria. 2015. "Albert Camus, exigencia ética y periodismo crítico". *Textual & Visual Media*. Consultado el 12 de diciembre de 2017. http://textualvisualmedia.com/images/revistas/08/articulos/Albertesp.pdf

- Savater, Fernando. 2013. "Albert Camus, filosofía de un espontáneo". *El País*. 7 de noviembre. Consultado el 7 de diciembre de 2017. https://elpais.com/cultura/2013/11/06/actualidad/1383734422_805585.html

- Schmidt, Joël. 2000. *Dictionnaire de la mythologie grecque et romaine*. París: Larousse, colección *France Loisirs*.

EN RESUMENEXPRESS.COM

- Guía de lectura de *Calígula* de Albert Camus.
- Guía de lectura de *El extranjero* de Albert Camus.
- Guía de lectura de *La caída* de Albert Camus.
- Guía de lectura de *La peste* de Albert Camus.
- Guía de lectura de *Los justos* de Albert Camus.

www.resumenexpress.com

ISBN ebook: 9782808003827

ISBN papel: 9782808003834

Depósito legal: D/2017/12603/721

Cubierta: © Primento

Libro realizado por Primento, *el socio digital de los editores*